サウンドスケープに飛び乗って

久石ソナ

新鋭短歌

サウンドスケープに飛び乗って*もくじ

1

音楽に似て穏やかな飛行は

目に見えないものを拠り所にするほど強くない私の足を引き止めた
のだ花屋の花は

ひかりはスローモーションのように

朝焼けに体を預けてゆくときのカーテンレールのにぎやかな声

足裏にまとわる砂を認めれば地元の海はあわい輝き

ピンボケの写真に写る両親のたしか笑顔であった冬の日

狸だと思う足跡　雪原と曇天の地平線へと駆ける

朝靄を渡る一羽にくじらって名前をつける眠い荷造り

薄氷に包まれている湖の白さ続いていく乱反射

故郷という名前の景色に変わるのか防風林の続く平原

起きぬけの故郷のひかり　文鳥だ　蛇口をひねるような鳴き声

バターを伸ばすバターが溶けるトーストのさくさくという音に囲まれる

エンジンをかけに行く父　あたたまるまでに時間のかかる車の

背を伸ばし（冬のひかりへ進むのを）見送る母の揺れる手のひら

防風林に祈りのようにささやかれ旅立つ日に何度も振り返る

ハンドルを握った父の剃る前の白髪交じりの髭がきらめく

誰もいない駅のホームで手をかざす朝月が剝がせそうなほど薄い

遠のいてゆくのは故郷　指先に結露を長く長く集めて

［まもなく　ツ$MOU%Q″］大きく揺れて駅へと入る

ビル風に当てられている無防備に　グーグルマップに現在地あり

回るのはあたためるため夕暮れのようなライトにミルク照らされ

写真展に見覚えのあるバス停とコンクリートの坂道　夏の

新しい町はとっくに春だった生きていくためスーパーへ寄る

除雪車の音が遠のく受話口に別の世界の一部が積もる

故郷には届かぬ台風この街を通過しのちに夏を知らせる

グッド・ラック人類

目のわるい世界の文字は色つきのひかりにみちてほぼ読めないが

騒音を抜けて夜空のもとに出る正しい嘘もいきものだから

地下鉄を待つ朝帰り生き方は体に宿りしぶとく光る

雨宿りする人たちに感情は怒りも悲しみも身ごもる振り子

借りぐらしの部屋へ落語のような声または差し込む西日や虫や

たくさんのピッに紛れてピヨピヨは開かせてゆく改札口を

人混みを避けつつ歩く　駆け抜ける季節に足を止められながら

昨晩のシチューに冷えた牛乳を入れる生き延びられた体は

思春期のにきびのように気がつけばパジャマを好む数多の毛玉

飛び込んでくるWi-Fiだ挨拶を知らない人と交わさず久しい

目覚ましの責務が街にあふれだす総じて指を動かす音が

電車からプラットフォームに移るとき痛みは雨の騒ぎに似てる

谷折りにするため力を加えればピザの香りに染まる指先

一斉にテールランプが放たれる生きた証の景色になって
すべからく補充するべき自販機へ誰かへ渡りゆくコカ・コーラ

晴天に産まれるものは木漏れ日やひかりを纏う雪の踊りや

水滴を生まないように確認をきつく蛇口を閉める夜中を

雨雲を眺めていたの？ベランダに置かれたうすっぺらのサンダル

自販機は雪に埋もれて包まれるあたたかそうなひかりを放ち

どこの海で聴いたか覚えてないけれど波の音にも似ている寝息

都市の一部になる夢を見て

木漏れ日を英訳できずに見渡せば冬の匂いに都市は包まれ

エレベーターマークの人にそれぞれの目的階を与えて暮らす

自らをちゃん付けにして呼ぶきみと生き方について認め合いたい

通り雨みたいな都市だビル群に近づくまたは離れる電車
雨を知るぼくらはいまだ幼くて愛しいほどに屋根が連なる

あたり一面洗濯物が揺れているきみには海に見えるらしいが

取り壊し決定ビルに取り壊す旨が書かれたビラが貼られる

きみが寝る部屋から雨の湿りけや音が枕や毛布に宿る

大丈夫ここは世界のまんなかじゃないからメロンパンはあまいよ

この地に移り住んできた異国の人たちがファッション店を開き始める
言い訳は用意するもの夕焼けがあまりに真っ赤で立ち止まっちゃう

遠く旅をしてきたんだね水面のような畑の写真を見せて

味わうようにことばを少しずつ放つ雨夜に反射するひかりたち

恋人はテトラポッドのぬいぐるみ抱えて酒の好みを言った

きみにしか教えていない黒子ならいくつかぼくも持っているんだ

おまじないみたいな名前を生み続け朝も昼間もぼくはここだよ

息を吸うことをためらうきみがいまはだかでプールの底へ飛び込む

「降り積もる方の雪です」昨夜から今朝にかけては噂が目立つ

雨と雪　６対４の比率にて街にしばしば揺れ動く傘

守るべきものはないけどタバコを吸うことで故郷に雪が降り積もる

駆け出せば吐息溢れて吐息とは溢れるものであれば朝露

歯ブラシを咥えて眠るわかるかいそれもひとつの運命だった

2　あるいは灯火する夜空

雨にしばらく打たれていたらだらしない思考がふつふつ湧いてきて
神様を信じる

鋏

大量のタオルを畳む父がいるＢＧＭのない美容室に

退学の届けを出しに昼下がり電車を囲むような屋根たち

「美容師はそんなに甘くない」と言うグラスを磨くバイトの先輩

ちゃらんぽらんって身体から鳴る生きものになった気もするけど

引っ越しの前夜に荷物とゴミを分け雨に別れを告げられている

大学を辞めて地元へ飛行機の片道だけを発券させて

待っていてくれた枕は冷たいねひどく頭をうずめてくれる

美容師になろうと思った人々と窓に並んだマネキンの顔

カチカチと鋏が動く音がする誰かが波に似ていると言う

スプーンを差しこみ掬うプリンにもやけに愉快に揺れる姿が

風が吹くたびに靡いている髪が影にあらわれ追うように行け

雪の降る街に育った　経験が染み込む髪が緩やかに散る

吹き込めばぷくぷくとした手となってゴムの擦れるような鳴き声

前髪をかきあげる指その指のひとつに指輪をつけた女性は

昼食を今日は食べれる気がしつつ鏡についた昨日の指紋

コーヒーはぬるめのほうが好きだった午後の業務はこんなにも雨

これからの夏の準備を話しつつデジタルパーマの発熱はあり

傘をひらき終えた指には父に似た黒ずむ爪が五つ並んで

鏡を拭く父の姿に似てきたと春の終わりを告げる夕立

フェイスタオル

店を出る人を見送る黒ずんでしまった爪を握りしめつつ

すれ違うたびに傾く傘があるまれに掠めて分け合う温度

急かされているのは雲ですごく速い　帰宅の車内で日付を跨ぐ

バーコードの筋から徐々に焦げだしてレンジを開ければ温かな飯

「美容師はモテるでしょ」って滅相ななんてね髪を「乾かしますね」

無抵抗にフェイスタオルを乗せられるきみとフェイスタオル越しの会話で

雪だった　子供のはしゃぐ声がして心の中ではしゃぐ声がして

トイレからでる数分のうちに菓子パンを詰め込み「案内します」

真っ青な湯沸かしポットに水を入れ徐々に高まる水の呼び声

日が暮れる休みのうちにベランダを綺麗に保つそれを続ける

背もたれのある椅子を今「回します」委ねたきみの伸びた背筋が

白い服なら白いままでいてほしい滑らかに混ぜられるカラー剤

居酒屋を出たらタクシーゆっくりと背後より近づいて目が合う

暗くなるところは部屋でスポンジの滴る水の音のみ届く

ミッドナイトトレイン駅にたどり着く故郷の雪を連れてきたのか

歯ブラシは次第に開花するもので今日が満開なのだと決めて

左目はたまに魚が住み着いていてぴくぴく動き出すから陸だ

雨が降ればビニール傘をさす夜はひかりが休みにきてくれるんだ

空調とそれから豪雨　寒いので今日はそろそろ　はい　帰ります

もう少しうまくできると思ってた冷めたコーヒー飲み干してゆく

アシストをする側にいる対岸の光る会話がきらきら届く
新しい髭剃りを出すこれからを生き抜くぼくのための準備を

カルテ帳

たぶんもう会わない人と出会うのが人より多い仕事ですから

吉田さん来てないけれど元気かな無邪気なくせ毛に悩んでないかな

四ヶ月後にはパーマが消えていて夏の微風に靡かせて来て
シャンプーをした回数は知らないが誇れるくらいだろう死ぬときは

3　くじら彗星の住人〜パレード編〜

小説の続きを残して本を閉じれば
若者の打ち上げた花火が冬の夜に
燃えていった

暮れまみれ

花々

走る光を星と呼ぶことはないにしても

うだけの雪や星座や

まで次の季節に歩み寄る準備

巨大スクリーンにふたりの記憶とワルツと

昼、夜の間にわずかな穴があり、うずめるための夕

壊れてもいい傘をさすぼくたちの中庭に咲く花や

私は昔と比べて目を悪くしてしまった夜の国道を

かくざとうみたいなはやさできえてゆく　飛び交

営業を終えたファッション店の明かりは灯ったま

のは多くて駅に溢れる人たちに私も含まれている

所有物とする

きっと居心地がいいのだろう

く瓶を揺らせば花はふわりふわりと揺れて瓶の中

自由な気分がふっと溢れてきたから新雪を踏む

えたんだ　吐き出す息の白さに季節の気配が含ま

夕暮れだった　敵はどこにもいないけど消えるも

終電に乗り込むひとり今だけは手すりのひとつを

君は表情をぼかしながら私の記憶にとどまって

香水瓶の底に沈む花は誰の手にも触れることはな
は満たされている

卒業式を終えた午後の日差しを浴びているような

雨上がりの町の街灯を遠くから眺めれば滲んで見
れている

補助記憶装置β

人工衛星ははやいいきものわたしたちはATMでお金をおろす

あの日出会ういくせんもの鳥を見上げるぼくはSNSに住む人

打ち上げた三原色の残り火の降りそそぐまま朽ちて街にて

夜分には淡いころあい 街灯のいくつか泳ぎはじめています

君たちは赤ずきんにはなれません 寝ている叔母に花を添えても

思い出を語らう人は補助記憶装置となってぼくもその一人

なすがまま嘘をついたら一千匹の鳥が放たれるほど青空

終電に駆け込む人のいくらかにスタバのコーヒートールを握り締めて

階段しかない建物ながいながい雪がふりはじめてきた

きおくはいつも液化するから（すべからく）したたらずな夜はそそがれる

今花火の灯りに照らされた街に降るすべてを包み込む雨

流星雨と彼方

パーキングエリアにトラックを止めて立つ無口であったあまりに風は
がらくたをみごもるためにうまれてきた　遠雷

のようなおとをききながら

一匹の小鯛が本に挟まれているのできっと死因は圧死

あけがたの星座はいつもよわいからアンモナイトに私はなります

輝かしい功績となれKIKUCHI TOMMY COMME des TAKEOなきみの世界《スタイル》

ガスにあたためられたお湯に浴槽に雨具をつめる子どもたち子どもたち

みすべて引き受けて帽子は春のビル風に舞う

らせながらどこかで迷子のアナウンスが鳴る

増やしていくよ!

偽善者の悲し

彗星はからだをしたた

ぼくピーポー!正義のためにファンクラブ会員どんどん

ペンギンは火星でブーム「ペンギン」を「ペギギ」と呼んだLOVEが羽ばたく

さよならだ　体が軽くなっていく月を横切る旅客機を追え

4　タイムトラベラー

亡くなった演奏家の演奏を YouTube で聴きながら受け入れなければ
ならないものが多く存在すると思った

永遠が晴れ渡る日に

大きさの異なる水が窓につく生きてきたのは海のある町

怒りが混ざる声に振り向く人たちへ最終電車は光りつつくる

きらめいて窓の景色に海があり霜を纏った海にも　冬の

同級生たちが都会へいく姿ひとりひとりに引き潮の音

寒いのはなれっこだったこれが雪ときにやさしく姿を消せる

贈られたカレンダーには名前だけ知っている湖の朝焼け

地面まで伸びたつららに触れてみる歩道橋には無人の気配

親知らずのあたりに引っかかっているなにかを取るため指を突っ込む

陳列のフルーツたちに旅立ちの足音　君は夜にかがやく

真夜中にくすんだ雪の降る音をただ聴いている聴いているだけ

体はけがれを知っている　爪を噛むことで私だけ知っているさざ波

春　サーチライトに夜は照らされて夜は夜として飲み込むばかり

たどり着くところは豪雨　夕暮れは長く漂うことはできない

暑い風ここを抜け出す素足には日焼けの跡のビーチサンダル

国道に捨てたらいずれ粉々のライターだろう風を知るだろう

手垢まみれの夕焼け

窓際の陽射しを浴びる耳かきの曲がったところからするにおい

つけまつげつける女性がそれぞれの帰路を抱いて並んで座る

東京の子どもよ大きくなりなさい　犬が散歩を拒絶している

口臭に悩む僕らがつぎつぎとエレベーターの数字を灯す

父の言う避妊はしろ、に抑揚はなくて静かにアクセルを踏む

なにがいいものかわからずなみなみに注いだビール（泡なし）渡す

プライドの行方を見失っていく僕のおならがくさい　生きてる

笑う俺　プールにタバコを捨てるように春風に禿が暴かれるように

たましいを片道切符に印しては地を這う僕のための旅客機

クワガタ用ゼリーの匂いを醸し出すギャルが一斉に夜に放たれる

祖父がいるテレビに向かって怒《いか》る祖父トイレのスリッパ履いている祖父

い・ろ・は・すの味が崩れて舌に転がっていってキャップを閉める

真っ青な消火栓にて揺れている板に刻まれペンキ店の名

だっしめん口に含めて繁栄はじゅんわり消えて浴びる朝焼け

生活に慣れた僕らが坂道を転がり落ちてゆけば人々

口臭で（確認しないが昼過ぎのコーヒーを飲み干したと）わかる

黒は悪い色だよなんて子供っぽいことをつぶやき肘を見ないで

（かさぶたを剝がせばそこに海があり、　やがて広がり）老いていくのか

期待しているんだ僕は　溶けていく夕焼けに靴擦れをおこした

髭を剃り終えたらわかるひりひりと生き延びていく仕組みについて

約束はそう遠くない未来に

美しい足をしているそれは犬それは松屋の夜勤へ向かう

電話越しに冬至のニュースが流れてるこっちは夜を迎え入れたよ

たくさんのいいえを口に含ませて生まれてきたの　寝る前のキス

手をつなぐらしいこれから風船が夕暮れへ溶け込むのを見つつ

ものすごい勢いでニトリ　看板のニトリの文字が森へ隠れる

汗ばんだシャツがこだまをするように何度も指で剝がすくっつく

欠伸をする姿が愛しくなるときの水平線まで澄み渡る青

野に放つ　いずれ戻って来るまでの犬の姿は指で隠せる

不機嫌な顔をしている口数は雨音により少ないと知る

お布団を蹴飛ばしたりして毎晩のように悪い子になりたいのかい

灯火する街の変化を眺めつつすこし泣いちゃうときもあるよね

Teen Town

生きている証に君はくちびるを開けばでろでろ零れ出る愚痴

ビル風で罵れよ秋　取り留めのない話題なら持っているんだ

風邪ひきの君は窮屈そうに咳き込んでマスクの裏の湿り気

リモコンの置き場は決まっているんだね置き場にたまるほこりきらきら

シャッターの開け放たれる音たちが街に受け入れているのは朝で

習慣が定まることを自覚する排水溝に吐き出せば唾

雨を見出す　君の背中をさするとき音やゆっくり湿りだす目に

あたたかい舌だね君は一晩の人で銀歯が取れたままかよ

現実を受け入れなさいと枕から柑橘類の匂い　僕のではない

傘させば雨の地団駄強くなり冷えてゆく爪先を見据える

やさしさの使い道

とてもしぬ世界はきっとゆらめいてきれいな食事ばかりがならぶ
きみが鼻をかむたび思う波音に似てるねどっか遠くへ行きたいね

枕から腕へと戻す的確な速度があってぼくらのなかに

こわいのは短い返事するひとの口　なまぬるい記憶の花束

いまは冬　いまは並んで横たわりパジャマの厚みばかり知り合う

銀色のフォークを齧るきみがいてきみの温度を覚えるフォーク
耳たぶを噛み合うように薄情なことを互いにさらけ出そうよ
やさしさの使い道なら知っている涙をぬぐう指先の向き

飲み残した酒をシンクへ流し込む　旅立つ前の鐘の音がする

きみがかつて見ていたという風景を味わいたくて雪を頬張る

海を知る電車に人はぼくらだけ誰かの忘れ傘が揺れてる

不確かな光に満ちる街灯の影との境目が特に好き

朝にいる月は欲張りもうすでに役目を終えているからまたね

育てられた街ではないがここに住むたまに雨夜を眺めたりして

呼吸に小さな希望を見出して指揮をする人の細い指先

雨の降る世界にひとつ感情を当てはめるならさよならにする

地下歩行空間を行く人々の頭上に触れない雪は降りつつ

飛行機はきみを連れ去ってゆくこれは短いエンドロールなんだ

5

まばたきが平穏を保つ一つの方法だった

君は誰に対しても優しすぎたね　それぞれの宇宙飛行士たちの朝が始まろうとしている

明るい独白

炭酸の泡にあてられやり遂げる仕事を終えて夏風を迎え

渦巻きの形が完成形だったソフトクリームが今も生まれる

散るものに揺れる心を預けては花火も桜も季語のひとつで

眩しくてまぶたを閉じる夏の陽のあまりに透けて海の青さは

ぼくたちはしばしば別れを悲しんだのちに安定的な離陸が

旅客機に乗る人たちに出会いとか別れが荷物のように並んで

鳴り止まぬ雷ごときに感情の鋭利なところが撫でられるのか

切りたての爪と一緒にゴミ箱へ落ちるいつかの爪の数々

銭湯の隣にコインランドリー誰かのどこかの汚れが回る

東京にかかる虹にも七色はあってようやく空を知るのか

未来では神話のように語られる高速道路の流れるひかり

夕暮れの中では冬が好きだから今日は早めに帰宅をします
炙られて縮む姿を眺めつつ今日は辛かったよホタルイカ

愛でるなら猫がいいけど夕時の移る景色をともに見ますか？

同じ窓　同じ季節を歩むのをきみも望んでいる　手紙あり

東京は一種の光さようなら羽ばたくように音が遠のく

住み慣れた光はきっとあのあたり生きる気配とほんのりと死と

地上にはいない人にも夕暮れは訪れ機内食が出される

見上げれば冬の朝日に照らされるどうしようもなく蜘蛛の空き家は

豪雨から守られている自転車は歩道橋の下で静かに

培ってきた文学を語り合うたまに遭遇する景色あり

こぼれ出る光が見える新しい家の窓からきみの気配が
ドライヤーし終えた匂い脱衣所の記憶となって塗り替わるのか

キャンプするための小ぶりな調味料をかご一杯に買わなくてもいいよ

近づいてくるたび町はロードするように建物なども見えてくる

湖は風のかたちを映し出すきみが漕いでいるカヌーが横切る
オレンジの雲がちらつく雷のような光の震えが見える

雨音がテントの中へ迷い込む人の弱さも受け入れた日に

朝焼けへ向かう姿に祈りとか感情を乗せ春のタクシー

海の向こう風の休まる土地

幼さに守られていた星となるたくさんの人を想っていた頃

カモメがとまる一羽の休み場所として錆びた繋留用のボラード

少年の靴は倒れて玄関に散らばる　雪を連れ込みながら

薪を割る手から腕へと流れ込む痺れに冬の気配が纏う

雨水は窓を伝ってわたしたちきっとあらゆる選択肢の川

役割を担いたいよね灯台は午後五時前にひかりを宿す

雪道を進むバスには乗客はいないが結露に描かれた絵は

目があえば駆けだす鹿だ短針のような寒さへ駆けだす鹿だ

寝静まる夜が心を焦らせるだけではなくてあたたかい居間

凍てついた手を取り合って学校で少し嫌《や》なこととかもあるよね

駆けてゆく森は見知らぬ森だった夢だった冬の朝日に溶けて

雪解けの道は朝日に照らされてひかりの中を駆ける足音

じっと海を眺める窓が曇るほど近づけている顔の静けさ

聳え立つ都会はきっと月に似て裏に潜んでいるクレーター

砂浜に寝れば賑やかなる風が頬をなぞって行方を知らせず

くるくるを指に絡ませくるくると電話の向こう側の雷鳴

海の向こう凪の休まる土地からの手振れのような写真が届く

意思があるように流れる川があり掬えないけど確かなひかり

解説　肉体のポエジー

山田 航

久石ソナは詩と短歌の二刀流の作家である。二〇一五年に出した詩集『航海する雪』（私家版）は、第五〇回北海道新聞文学賞（詩部門）を受賞した。初めての本が詩集で、二冊目が歌集というのは、かなり珍しい経歴といえるだろう。

第一詩集『航海する雪』から、私の好きな詩篇「雨にしばらく打たれていたらだらしない思考がふつふつ湧いてきて神様を信じる」の一節を引いてみたい。

> 眠ることを忘れた子どもたちには空を飛ぶアンモナイトや冬眠するぬいぐるみを捜すすべを失っていて、雨が降り出す。タンスにはそれぞれの衣類がしまわれているのに、ついに取り出すこともなくなって、指遊びを楽しむ子どもたちを私は衛星から見守っているから、私を褒めてほしい。星を数えることに飽きてきて、そろそろ子どもたちのことが気になる頃、子どもたちの

部屋に寄る辺のない匂いが入り込んできたことに小さな怒りを見つけた。歌いだす子どもたちに踊りを教えたのはずいぶん昔のことで、それは海に近い街灯が生ぬるい光を灯す瞬間のような経験であった。

　とめどなく喋り続けているかのような饒舌な文体で、不条理な寓話風の世界が展開される散文詩。「子どもたち」のしつこいまでのリフレインは、短歌のような定型詩だったらできない手法である。この長い詩のタイトルは、この歌集でも第二章のエピグラフとして置かれていて、久石ソナの詩と短歌の感覚が地続きであることを示してくれる。饒舌に喋り続けるけれども、この世界の条理からはどこかズレている、どこか歪んでいる。それが久石ソナの文体の魅力である。

「美容師はモテるでしょ」って滅相ななんてね髪を「乾かしますね」
トイレからでる数分のうちに菓子パンを詰め込み「案内します」
もう少しうまくできると思ってた冷めたコーヒー飲み干してゆく
吉田さん来てないけれど元気かな無邪気なくせ毛に悩んでないかな
四ヶ月後にはパーマが消えていて夏の微風に靡かせて来て

第二章に並べられている、美容師としての日常を詠んだ一連。この歌集でおそらくもっとも語られることが多くなるだろう作品だ。歌人の生業としては珍しい部類に入るので、耳目を集めやすい。大学を中退して地元の美容専門学校に入り直した後に、再上京して美容室で修業したというストーリーも、現場のリアルな描写に説得力があってイメージが広がる。しかし、久石ソナの短歌の本質は、こうしたライフストーリーにはない。これらの歌の主役となっているのは、美容師というプロフェッショナルが持っている「肉体」の実感である。自他を問わず、「肉体」に対して見せる異様なまでの執着心。そこに本質があるのだ。

きみにしか教えていない黒子ならいくつかぼくも持っているんだ

傘をひらき終えた指には父に似た黒ずむ爪が五つ並んで

左目はたまに魚が住み着いてぴくぴく動き出すから陸だ

体はけがれを知っている　爪を噛むことで私だけ知っているさざ波

窓際の陽射しを浴びる耳かきの曲がったところからするにおい

父の言う避妊はしろ、に抑揚はなくて静かにアクセルを踏む

プライドの行方を見失っていく僕のおならがくさい　生きてる

口臭で（確認しないが昼過ぎのコーヒーを飲み干したと）わかる

風邪ひきの君は窮屈そうに咳き込んでマスクの裏の湿り気

現実を受け入れなさいと枕から柑橘類の匂い　僕のではない

黒子、おなら、口臭、マスクの裏の湿り気、耳かきの曲がったところや枕の匂い……。いずれも肉体のきれいな部分では決してない。なんなら生々しすぎてグロテスクな印象すら受ける。しかし、生々しく嘘偽りのない肉体感覚を積極的に打ち出してくるのが、久石ソナという歌人の強烈な個性である。生きるということは肉体を所持することだという意識を強く持っていて、そこから逃れてきれいな振りをすることに、断固として抵抗している。

　久石ソナの言語感覚の根底を形成しているものは、「きれいに整えられたもの」への疑念である。「きれいに整えられたもの」の裏側には、きれいに整えるために泥くさく肉体を行使している人たちが存在することを指摘する。美容師の「黒ずむ爪」はまさにその象徴だろう。人間もこの世界も、生来的に美しく純粋無垢なわけではない。どこかに黒ずんで歪んだグロテスクな部分がある。しかしそれをあらわにしようとする理由は、決して悪意ではない。「王様は裸だ」と叫ぶ子どものように、生きていることのリアルを純真に突きつけるだけだ。だから生々しい肉体感覚が詠まれても露悪的にはならないし、品格を失わない。

　短歌のつくりも、決していわゆる「美しい歌」ではない。リズムはときにぎこちないし、現代短歌によく用いられるような、「こういう論理展開を作ればなんとなく抒情性が発生する」というようなセオリーからは逸脱している。第三章に並んでいるような、大きな破調の歌もある。『航海する雪』の詩にもみられたような、世界の条理からの離脱を志向した短歌が目立つ。

　　目のわるい世界の文字は色つきのひかりにみちてほぼ読めないが

借りぐらしの部屋へ落語のような声または差し込む西日や虫や
水滴を生まないように確認をきつく蛇口を閉める夜中を
期待しているんだ僕は　溶けていく夕焼けに靴擦れをおこした
美しい足をしているそれは犬それは松屋の夜勤へ向かう
とてもしぬ世界はきっとゆらめいてきれいな食事ばかりがならぶ
愛でるなら猫がいいけど夕時の移る景色をともに見ますか？

久石ソナの短歌は、奇妙である。これらの歌は、日本語文としての条理が歪んでいる。かといって違う世界の条理に従っているというわけでもない。そもそも文章として成立していない非文すれすれである。しかし、文法の体裁だけ整えていかにもきれいな現代短歌風にしてみたら、歌が本来持っているエネルギーはみるみる失われてゆく。たとえば先ほどの三首目を「水滴を生まないように確認してきつく蛇口を閉める夜中に」と添削したなら、意味は通りやすくなるけれどそれだけで、全く面白くはない。歌の中に条理が発生してしまうからだ。「夜中に」と違って「夜中を」は意味が文法的に落ち着く地点を失ってふわふわ浮遊しているが、それはむしろ魅力だ。「きれいな世界」の前に普段は隠されている生々しい肉体は、「美容師の黒ずんだ爪」のように、拠り所なく浮遊する。言葉を華麗に操るためのセオリーを拒み、「肉体を伴った言葉のあてどなさ」を読者の前にぽんと投げ出してみせる。肉体は、常に言語に先行している。言語で生み出せる観念的な不条理よりもはるかに強度のある不条理が、肉体によって発現しうるのだ。

朝焼けに体を預けてゆくときのカーテンレールのにぎやかな声

ガスにあたためられたお湯に浴槽に雨具をつめる子どもたち子どもたち

さよならだ　体が軽くなっていく月を横切る旅客機を追え

怒りが混ざる声に振り向く人たちへ最終電車は光りつつくる

笑う俺　プールにタバコを捨てるように春風に禿が暴かれるように

ドライヤーし終えた匂い脱衣所の記憶となって塗り替わるのか

海の向こう風の休まる土地からの手振れのような写真が届く

肉体感覚の不条理と言語感覚の鋭さが高いレベルで合致したとき、名歌としか呼びようのない歌が誕生する。これらの歌は、久石ソナという歌人の最も良質な部分が顕著にあらわれている。肉体から発せられたポエジーに満ちた歌である。

あとがき

ある日、台車を引く一人の男がいた。台車にはたくさんの西瓜を乗せて、街で売るために石畳を進んでいた。季節は夏、鳥の声や街のざわめきがする中、台車が石畳を進む音が響く。車輪と石畳がビートを刻む。西瓜売りの声がする、それに応える女性の声が窓から届く。それをヒントに「ウォーターメロン・マン」という名曲が誕生したという。

小学生の頃、ジャズピアニストのハービー・ハンコックと会う機会があった。うろ覚えだが本人からそんな話を聞いた。握手をしてもらったとき、なんて大きな手なのだろうと思った。そして熱いほどの体温が伝わる。

どこか遠くへ行きたいと思うし、ずっとここに居たいとも思う。骨を埋める場所は自分自身で決めたいし、距離を取りたい相手とはそうしていくつもりだ。その手段が増えていっているように感じる。最初は先入観を持たずに接し、後から判断すれば良い。そのころには多くの情報を携えているのだから。まわりより一歩遅いくらいで丁度よい。

窓の大きい家に住もう。季節の移り変わりも、街の変化も、静かな夜に雪が息しているのが見える家だ。文鳥と一緒に窓からの街を眺め、呼びかければ返事をしてくれる。きみがうまれた場所はここよりはるか南で、香辛料の息吹が訪ねてくるのが当たり前なのだろう。

目覚めようとしている街の気配と部屋へ招き入れた朝焼けと、、

寒さは地平線まで輝く世界を生みだす、

あなたへ、
もう会わない誰かのような音を見送れましたか？

私へ、
航海は終えましたか？

二〇二〇年　冬至

久石ソナ

■著者略歴

久石ソナ（ひさいし・そな）

1991年　札幌市生まれ
2010年　早稲田短歌会入会
2012年　札幌へ戻り　北海道大学短歌会の創設者のひとりになる
2015年　第一詩集『航海する雪』上梓
2016年　第50回北海道新聞文学賞受賞
2018年　短歌研究新人賞　候補作
2019年　札幌・琴似に美容室「雨とランプ」をオープン
2021年　歌壇賞　次席

同人誌『ネヲ』主宰者、白いひぐま歌会主宰者のひとり

「新鋭短歌シリーズ」ホームページ　http://www.shintanka.com/shin-ei/

新鋭短歌シリーズ50
サウンドスケープに飛び乗って

二〇二一年二月十二日　第一刷発行

著　者　久石ソナ
発行者　田島安江
発行所　株式会社　書肆侃侃房（しょしかんかんぼう）
〒八一〇・〇〇四一
福岡市中央区大名二・八・十八・五〇一
TEL：〇九二・七三五・二八〇二
FAX：〇九二・七三五・二七九二
http://www.kankanbou.com　info@kankanbou.com

監　修　山田　航
装　画　Haる
装丁・DTP　黒木留実
印刷・製本　株式会社西日本新聞印刷

ISBN978-4-86385-446-8　C0092

新鋭短歌シリーズ ［第5期全12冊］

今、若い歌人たちは、どこにいるのだろう。どんな歌が詠まれているのだろう。今、実に多くの若者が現代短歌に集まっている。同人誌、学生短歌、さらにはTwitterまで短歌の場は、爆発的に広がっている。文学フリマのブースには、若者が溢れている。それればかりではない。伝統的な短歌結社も動き始めている。現代短歌は実におもしろい。表現の現在がここにある。「新鋭短歌シリーズ」は、今を詠う歌人のエッセンスを届ける。

49. 水の聖歌隊

四六判／並製／144ページ　定価：本体1,700円＋税

笹川 諒

現実と幻影の溶けあう場所へ

言葉とこころにはあとさきがない。
混沌が、輝きながら実っている。

―― 内山晶太

50. サウンドスケープに飛び乗って

四六判／並製／144ページ　定価：本体1,700円＋税

久石ソナ

詩人の舌と、美容師の指と、
都市生活者の肌で、
世界は見なれない色へと染まってゆく。

―― 山田 航

51. ロマンチック・ラブ・イデオロギー

四六判／並製／144ページ　定価：本体1,700円＋税

手塚美楽

自由も不自由も踏み歩く

誰にも気付かれないように封じ込めた自分自身への供花。
それが手塚にとっての歌なのだろう。

―― 東 直子

新鋭短歌シリーズ

新鋭短歌

好評既刊 ●定価：本体1700円＋税　四六判／並製（全冊共通）

[第1期全12冊]

1. つむじ風、ここにあります　木下龍也
2. タンジブル　鯨井可菜子
3. 提案前夜　堀合昇平
4. 八月のフルート奏者　笹井宏之
5. NR　天道なお
6. クラウン伍長　斉藤真伸
7. 春戦争　陣崎草子
8. かたすみさがし　田中ましろ
9. 声、あるいは音のような　岸原さや
10. 緑の祠　五島 諭
11. あそこ　望月裕二郎
12. やさしいぴあの　嶋田さくらこ

[第2期全12冊]

13. オーロラのお針子　藤本玲未
14. 硝子のボレット　田丸まひる
15. 同じ白さで雪は降りくる　中畑智江
16. サイレンと犀　岡野大嗣
17. いつも空をみて　浅羽佐和子
18. トントングラム　伊舎堂 仁
19. タルト・タタンと炭酸水　竹内 亮
20. イーハトーブの数式　大西久美子
21. それはとても速くて永い　法橋ひらく
22. Bootleg　土岐友浩
23. うずく、まる　中家菜津子
24. 惑亂　堀田季何

[第3期全12冊]

25. 永遠でないほうの火　井上法子
26. 羽虫群　虫武一俊
27. 瀬戸際レモン　蒼井 杏
28. 夜にあやまってくれ　鈴木晴香
29. 水銀飛行　中山俊一
30. 青を泳ぐ。　杉谷麻衣
31. 黄色いボート　原田彩加
32. しんくわ　しんくわ
33. Midnight Sun　佐藤涼子
34. 風のアンダースタディ　鈴木美紀子
35. 新しい猫背の星　尼崎 武
36. いちまいの羊歯　國森晴野

[第4期全12冊]

37. 花は泡、そこにいたって会いたいよ　初谷むい
38. 冒険者たち　ユキノ 進
39. ちるとしふと　千原こはぎ
40. ゆめのほとり鳥　九螺ささら
41. コンビニに生まれかわってしまっても　西村 曜
42. 灰色の図書館　惟任將彥
43. The Moon Also Rises　五十子尚夏
44. 惑星ジンタ　二三川 練
45. 蝶は地下鉄をぬけて　小野田 光
46. アーのようなカー　寺井奈緒美
47. 煮汁　戸田響子
48. 平和園に帰ろうよ　小坂井大輔